Françoise du Chaxel

L'ÉTÉ DES MANGEURS D'ÉTOILES

éditions THEATRALES II JEUNESSE

THEATRALES II JEUNESSE

Des langages, des histoires, des délires,

cent façons de raconter le monde.

Des textes à lire, à dire, à écouter, à jouer.

UNE COLLECTION DIRIGÉE PAR FRANÇOISE DU CHAXEL

Couverture : Temps d'Espace

20, rue Voltaire, 93100 Montreuil-sous-Bois

ISBN : 2-84260-094-0

L'Été des mangeurs d'étoiles *a été créé le 24 mai 1993 au Théâtre de Suresnes Jean-Vilar, dans une mise en scène de Jean-Claude Gal.*
Avec François Brument, Sophie Chantel, Sophie Cottier, Mélanie Duplenne, Hadda El Moudden, Denis Estavoyer, Fady Gormit, Valérie Koukoua, Frank Lauverjat, Pauline Liénard, David Migeot, Virginie Pigeau, Stéphane Pott, Jeanne Rauzier, du lycée Paul-Langevin de Suresnes.

Le spectacle a représenté la France au Festival international de Théâtre universitaire de Casablanca en septembre 1993.

LIEU :

Entre Nîmes et Montpellier, un village entouré de vignes.
C'est l'été.
Un groupe de jeunes s'y retrouve comme chaque année.
Certains y vivent. D'autres n'y viennent qu'en vacances.

PERSONNAGES :

ADRIEN, 17 ans, en vacances chez ses grands-parents.

JULIEN, 17 ans, fils des postiers, interne au lycée de Montpellier pendant l'année scolaire.

MARION, 17 ans, fille du maire médecin, interne au même lycée.

ANNE, 18 ans, en vacances. Son père, journaliste, a une résidence secondaire dans ce village.

LAURE, 16 ans, en vacances. Ses parents viennent tous les ans dans ce village. La famille y a une maison depuis plusieurs générations.

MATHILDE, 17 ans, sa sœur.

ADA, 20 ans, d'origine algérienne, bibliothécaire à Sommières, gros bourg voisin, habite avec ses parents dans le village.

PIERRE, 19 ans, viticulteur, a pris en charge l'exploitation à la mort de son père.

ÉLISE, 18 ans, sa sœur, est partie travailler en ville.

ÉRIC, 25 ans, ses parents tiennent le bazar droguerie du village. Il travaille à la station service.

PHILIPPE, une trentaine d'années, revient chaque année dans le village tenir le café épicerie.

Et puis : **NEDIM,** 18 ans, **SELMA,** 17 ans, ils sont turcs. En France depuis peu, ils sont là avec leur mère.

ELGA, une jeune fille en vacances dans un camping près du village.

SELMA.– « Le pain est là sur mes genoux
Et les étoiles très loin de moi
J'y mords en contemplant les astres
Et gorgée de rêve
Incroyablement
Je mange les étoiles[1] »
Ce sont les mots d'un poète de mon pays.
Longtemps, seule dans ma chambre de la maison d'Istanbul en rêve j'ai mangé des étoiles.
L'étoile de l'enfance était presque éteinte.
Je cherchais la plus brillante.
Je l'appelais « liberté »...

Mon pays est un pays d'hommes.
Dans mon pays les femmes meurent
comme si elles n'avaient jamais vécu
étouffées de mots d'amour jamais dits.
Je ne veux pas mourir étouffée.
Mon père adore la France.
Il m'a fait apprendre le français.
J'ai appris le français
comme on respire une bouffée d'air frais
par un soir d'orage.
J'ai appris le français
en rêvant d'un pays où les femmes regarderaient
les hommes sans crainte
où les livres ne seraient pas cachés

1. Oktay Rifat, né à Istanbul en 1914.

où je ne retiendrais pas mes mots
où la nuit m'appartiendrait.

Les activités de mon père mettaient notre famille à l'écart.
J'étais doublement seule.
Quand on a parlé de départ
je n'osais pas montrer ma joie à ma mère qui pleurait.

Et me voilà
dans ce village si petit où tout le monde se connaît.
Le ciel est plein d'étoiles ici aussi
l'odeur forte des lavandes sous ma fenêtre m'entête
les cigales agacent mes rêves.
La nuit ne m'appartient pas encore.

NEDIM.– Il fait froid ici.
Pourtant l'air est chaud, brûlant même
mais j'ai froid.
Froid des regards
froid de la main jamais tendue.
S'ils me la tendaient, je ne la serrerais pas.
Je les observe,
Ils s'agitent beaucoup,
Ils ne font que remplir des vides.
L'amitié a besoin de calme.
Je les écoute,

Ils parlent souvent d'argent,
on dirait qu'ils mesurent tout.
L'amitié se mesure en silence.
Parfois je croise un regard intrigué, je n'y réponds pas.
Je n'ai rien à faire de leur curiosité,
encore moins de leur amitié.
Je ne veux rien connaître d'eux.
Les hommes d'ici ne m'intéressent pas.
On se ressemble pourtant. Ce sont aussi des hommes du soleil.
Non, on ne se ressemble pas.
J'ai dans les yeux le bleu dur du ciel de Turquie.
Les hommes d'ici ne m'intéressent pas, ni les femmes.
Je sens leur regard sur moi.
Mes yeux bleus dans ma peau mate les attirent.
Elles ne savent rien de moi.
Le mystère fascine les femmes.

Dans mon pays les hommes vivent entre eux,
ici tout se mêle.
Les femmes me dévisagent.
Elles soutiennent mon regard.
C'est moi qui cède.
Elles me jettent leur corps au visage.
J'aime les corps cachés.
Je me détourne.

Je n'ai pas choisi d'être là.
Mon père m'a confié ma mère et ma sœur.
Je suis d'une autre terre, d'une autre mer, d'un autre ciel.

Fin d'après-midi dans le café épicerie du village. Anne et Mathilde sont assises à une table.

ANNE.– Je ne sens même plus les contours de mon corps tellement l'air est moite. Regarde dehors, l'air vibre de chaleur. Le village est une image tremblée. Vivement la nuit.

MATHILDE.– Les nuits aussi sont chaudes.

ANNE.– Insomnies d'été.

MATHILDE.– Ces nuits trop chaudes, c'est ma terre d'aventure. Je lis jusqu'à ce que je sente un peu de fraîcheur sur mon corps. S'endormir au petit matin…

ANNE.– Plaisir d'été.

MATHILDE.– Je rêve éveillée aussi, j'adore ça. Tu sais, tu te fabriques une histoire et puis soir après soir tu la prolonges, tu inventes des variantes.

ANNE.– Quel genre d'histoire ?

MATHILDE.– Devine. Les autres sont arrivés ?

ANNE.– Jusqu'à hier j'étais la seule, mais hier j'ai vu la bécane d'Adrien devant chez ses grands-parents et j'ai croisé Julien et Marion à la poste. Il était temps. L'été n'en finissait plus.

MATHILDE.– Tu es seule chez toi ?

ANNE.– Mon père est parti en reportage. C'est drôle, c'est toujours quand il me garde, comme il dit, qu'il fout le camp en mission. « Je te laisse la maison. Amuse-toi bien ». C'est ça oui, je m'amuse bien. Je parle avec les chats. Je drague le fils Bruguière qui ne pense qu'à ses vignes. Ou les Allemands qui cuisent sur les plages.

MATHILDE.– J'aimerais bien être seule un peu. Mais ça risque rien. De pension en pension, de ville de garnison en ville de garnison, toujours les mêmes têtes, militaires et bonnes sœurs. On change souvent de ville, mais pas de décor. Voilà les autres.

Entrent Julien et Marion,
Adrien et Éric.

MATHILDE.– *(à Julien et Marion)* Salut les amoureux. Ça fait combien de temps déjà ? Des siècles ! Si encore vous vous retrouviez tous les ans. Amour à distance, amour patience. Mais non, toute l'année ensemble, dans le même lycée, dans le même village… et toujours amoureux.

MARION.– Oublie-nous tu veux.

ÉRIC.– Comment on pourrait vous oublier ? Les Roméo et Juliette du village, le couple modèle, ça m'étonne qu'on vous ait pas encore vus dans une émission à la télé genre « l'amour chez les adolescents ». Le petit couple mignon comme tout, qui s'aime depuis l'enfance malgré ses vilains parents.

JULIEN.– La ferme. Tu nous as déjà fait ton numéro l'année dernière. Tu sais qui c'est Roméo et Juliette toi ? Tu m'étonnes.

ÉRIC.– T'as pas fini d'être étonné de tout c'que je sais bébé. J'ai vécu moi. On te presserait le nez qu'il en sortirait encore du lait.

JULIEN.– J'ose pas imaginer c'qu'y sortirait du tien.

ANNE.– Prenantes vos discussions.

ADRIEN.– Quoi de neuf ?

ÉRIC.– Rien.

ADRIEN.– Comment rien ? *(montrant Nedim et Selma qui viennent d'entrer et détaillant Selma du regard)* Y'a des nouveaux visages et quand je dis visages, j'me comprends.

ÉRIC.– C'est bien c'que j'disais. Rien de neuf ou presque.

ANNE.– Ils sont là depuis quelques jours, des Turcs je crois, ils ont loué la maison des Laborde.

MATHILDE.– Enfin il se passe quelque chose dans ce village.

ÉRIC.– Dire qu'on en est là ! S'exciter parce qu'il y a deux basanés qui débarquent. Les invasions on sait comment ça commence, on ne sait jamais comment ça finit. Rappelez-vous en 40...

LAURE.– *(qui arrive et qui a entendu la dernière phrase)* T'étais pas né connard. Parle pas de ce que tu connais pas.

ANNE.– *(à Mathilde)* La douce voix de ta petite sœur. C'est vrai. Rien de neuf. Laure tu es en rogne contre quoi aujourd'hui ?

LAURE.– Contre rien. J'ai lu « le livre[2] » qui m'a réconciliée avec le monde. C'est l'histoire d'un mec qui décide un matin de ne pas se lever. Il ne fait plus rien, ne voit plus les copains, ne sort qu'à la nuit tombée.

ADRIEN.– Et alors ?

LAURE.– Alors ça me plaît. Se refuser le monde. Ne plus voir personne. Mon rêve !

ADRIEN.– Merci pour nous.

2. Le livre dont parle Laure est *L'homme qui dort* de Georges Perec, éditions Lettres nouvelles, Denoël, 1967.

JULIEN.- Moi aussi j'ai lu « le livre[3] ». C'est l'histoire d'un mec qui hérite d'une machine qui permet d'effacer et de faire réapparaître qui tu veux. Le mec, il a une femme genre Dallas et un fils genre Rambo. Il efface sa femme et son fils et il récupère la femme et le fils de son frère dont il rêvait depuis toujours et qui sont morts dans un accident de voiture. Il change de famille quoi. Vous imaginez ça ? Choisir son père, sa mère, ses frangines !

ÉRIC.- Si ça existait ta machine, y aurait vite des ruptures de stock.

LAURE.- Attention, ça marcherait aussi pour changer de fils.

ANNE.- *(montrant Selma et Nedim qui attendent qu'on les serve au comptoir de l'épicerie)* Si on les invitait à boire un pot ?

ÉRIC.- Mais bien sûr ! Sœur Anne de mes deux, t'es comme ton père, tu fais dans l'humanitaire.

ADRIEN.- Pas mal la Turque.

ÉRIC.- Voilà une réaction normale. De la belette fraîche c'est toujours bon à prendre, pas vrai Julien ?

JULIEN.- Moi tu sais l'exotisme.

3. Le livre dont parle Julien est une nouvelle de Stephen King dans le recueil *Brume*, collection J'ai lu.

MARION.– Elle est pas si bien qu'ça.

ANNE.– Allez Adrien va les inviter.

Adrien se lève, s'approche de Selma et Nedim.

ADRIEN.– Bonjour. Vous parlez français ?

Selma est tout de suite souriante, mais timide. Nedim reste fermé.

SELMA.– Oui

ADRIEN.– Vous venez à notre table ?

SELMA.– C'est gentil. On y va Nedim ?

NEDIM.– On ne les connaît pas.

SELMA.– C'est l'occasion de les connaître.

NEDIM.– Je n'en ai pas envie.

SELMA.– Tu ne penses qu'à toi. Tu crois que c'est drôle pour moi de passer toutes mes journées dans la maison entre toi et maman ?

NEDIM.– C'est comme ça.

SELMA.– On est plus en Turquie.

NEDIM.– Ça je sais.

Adrien est revenu vers les autres.

ANNE.- Alors ?

ADRIEN.- Ils discutent.

ÉRIC.- T'as pris une veste quoi ! Le charme français ça marche pas à tous les coups. Pourtant on a envoyé le plus beau !

MARION.- Ils se font prier c'est ça ?

ADRIEN.- Ils ne nous connaissent pas. Les voilà !

ÉRIC.- Moi je vous préviens, je ne bouge pas.

Nedim et Selma viennent se joindre au groupe, s'assoient timidement côte à côte où on leur fait de la place.
Le mouvement des chaises pour leur faire de la place traduit les différentes attitudes vis-à-vis d'eux.

SELMA ET NEDIM.- Bonjour.

ADRIEN.- Moi c'est Adrien, et vous ?

NEDIM.- Nedim.

SELMA.- Selma.

ANNE.- Moi c'est Anne. *(elle présente les autres)* Julien, Marion, Mathilde, Laure, Éric. Vous êtes ici en vacances ?

SELMA.- Si on veut. On attend que mon père... *(Nedim lui fait signe de se taire).*

Entre Ada qui s'adresse tout de suite à Selma et à Nedim.

ADA.- Bonjour. Je vois que vous avez fait connaissance.

ÉRIC.- J'en étais sûr ! Ada, dès qu'il y a un chat perdu quelque part.

ADA.- Ça ne vous rappelle pas la Turquie cette chaleur ?

SELMA.- En Turquie, tout est plus brutal. Le soleil apparaît et disparaît plus vite. Les couleurs, les sons sont plus violents comme s'il n'y avait pas de filtre dans l'air. Ici tout est plus doux. J'aime bien.

ADA.- Douceur trompeuse. Ce n'est pas un pays qui se laisse facilement apprivoiser.

ANNE.- J'ai la maison pour moi toute seule. Je fais une fête samedi. Ça vous dirait de venir ?

SELMA.- C'est gentil.

NEDIM.– On verra. Tu viens Selma ?

Nedim se lève. Selma le suit à contrecœur.

ANNE.– Chez moi, c'est la maison en haut du village.

Nedim et Selma sortent.

ÉRIC.– Chaleureux tout ça. Plutôt loupées vos grandes manœuvres de séduction.

MARION.– J'irais bien me baigner.

JULIEN.– Maintenant ?

MARION.– C'est l'heure du soleil doux et de la plage vide. Encore quelques enfants qui jouent. J'adore ça. Tu n'as pas envie Anne ?

ANNE.– Et de t'emmener, c'est ça ?

MARION.– C'est ça oui. Laure et Mathilde vous venez ?

MATHILDE.– Il faut qu'on prévienne les parents.

JULIEN.– Et nous on n'existe pas ? La plage vide, le soleil doux, tout ça, on n'y a pas droit ?

MARION.– *(montrant Adrien qui s'est levé pour jouer au flipper)* Chacun ses plaisirs. *(à Julien)* Il faut que tu te couches tôt, tu travailles au marché demain matin.

ÉRIC.– Une vraie mère pour toi.

ADRIEN.– Insiste pas. Tu vois pas qu'elles veulent être entre elles. Y a des heures comme ça où on est indésirable.

ÉRIC.– In-dé-si-ra-ble. Ça c'est un mot !

Les filles s'en vont. Restent Julien, Adrien, Éric.

JULIEN.– Dès qu'elles sont là, elle est plus la même.

ADRIEN.– Ça te fait d'l'air. Elle a des beaux yeux Selma.

ÉRIC.– Des beaux yeux ! Écoutez-moi ça. Les jambes y faut regarder. Très instructif les jambes. À partir des jambes, tu reconstitues le corps. J'ai appris ça à la station service en ouvrant les portières. Si tu regardes les yeux t'es foutu.

JULIEN.– J'comprends pas Marion.

ADRIEN.– Fais pas l'innocent. On sait bien que chaque été tu te paies des extras avec Anne.

JULIEN.– Ta gueule.

Philippe qui tient le café épicerie vient s'asseoir à leur table.

PHILIPPE.– C'est les vacances alors ?

JULIEN ET ADRIEN.– T'as gagné. Tu reviens en deuxième semaine ?

PHILIPPE.– Une bonne année ?

JULIEN.– Regarde-nous. Épanouis et heureux après une année derrière les murs protecteurs du lycée.

ADRIEN.– Tu les avais déjà vus les Turcs ?

PHILIPPE.– Une ou deux fois. Des silencieux. Les filles vous ont largués ?

JULIEN.– Elles avaient envie de plage vide.

PHILIPPE.– Mauvais ça.

Noir.

Le soir même, la nuit plutôt, il est tard.
La terrasse de la maison d'Anne.

ANNE.– Le sable sur la plage était encore chaud.
Des traces de corps y étaient inscrites,
elles racontaient des amours et des solitudes.
J'ai nagé très loin pour me griser de peur.
Ma peau a le goût du sel.
Le ciel criblé d'étoiles est presque clair.
Le village en bas dort assommé de chaleur.
J'ai quitté les autres un peu brusquement.
J'aime cette solitude et je la déteste.
Nous nous retrouvons chaque année,
nous ne nous connaissons pas vraiment.
J'ai l'impression d'avoir grandi plus vite qu'elles.
Peut-être qu'on grandit plus vite dans la solitude.
J'envie leur corps qui a changé doucement.
Un jour, entre deux voyages,
mon père m'a regardée,
j'ai vu la surprise dans ses yeux.
Je cherche le regard des hommes
j'attire ceux des garçons.
Marion aime Julien depuis toujours,
Julien l'aime aussi.
Mais parfois il vient me retrouver.
Entre nous, quelques gestes, peu de mots.
Ce soir le regard de Nedim m'obsède
colère rentrée, méfiance, tristesse,
peur aussi.

J'ai remarqué ses mains
brunes et fines,
impatientes.
Le vent se lève.

Même nuit dans un autre jardin du village.

ADA.- Je connais ce vent.
Il vient du Sud.
Au matin parfois, je trouve une poussière ocre
sur la table du jardin.
Je la prends dans ma main
et je rêve du désert où il l'a arrachée.
Je ne connais pas ce désert.
Je ne connais de mon pays qu'un village de montagne
où mes parents m'emmenaient en vacances.
Les fenêtres des maisons restaient fermées.
Les femmes chuchotaient sur mon passage.
Elles avaient peur de mes jambes nues.
Ce n'est plus mon pays.
Ici, mon corps a trouvé sa place
même si ma peau brune s'écorche parfois aux regards.
Nedim et Selma ne dorment pas
j'en suis sûre.
Il leur manque de s'enivrer
du parfum de leur nuit d'Orient.
J'ai vu dans les yeux de Selma l'impatience
dans les yeux de Nedim la méfiance.

Chez Anne, quelques jours plus tard.
Anne, Laure.

LAURE.- Toute la journée j'ai eu envie de pleurer. Comme ça, pour rien.

ANNE.- C'est ce temps d'orage qui agace les nerfs.

LAURE.- Ce matin, une musique sortait de la fenêtre du voisin, un violon strident, plaintif. J'ai chialé. Ma mère m'a regardée comme si je disais une obscénité.

ANNE.- Du Schubert[4] je parie. Schubert c'est terrible pour les nerfs et les âmes sensibles.

LAURE.- Fous-toi d'moi.

ANNE.- J'me fous pas d'toi. J'aime bien quand Laure la dure à cuire se laisse un peu aller.

LAURE.- J'ai vu Julien entrer ici l'autre nuit.

ANNE.- Difficile de garder un secret dans ce village.

LAURE.- C'est un secret ?

ANNE.- Pas la peine de faire du mal à Marion.

4. La musique dont parle Anne avec Laure est *La Jeune Fille et la mort* de Schubert

LAURE.- Marion a toujours mal quelque part. Il te plaît Julien ?

ANNE.- Nous ne parlons pas beaucoup. Nous partageons des gestes simples. Je ne lui demande rien. Il ne me demande rien.

LAURE.- Tu ne me réponds pas. Il te plaît ?

ANNE.- Je ne sais pas. Deux chats perdus qui partagent un coin au chaud.

LAURE.- Chat qui griffe ou chat qui ronronne ?

ANNE.- Chat qui profite de ce qui vient, sans se poser de question.

LAURE.- Tu as de la chance. Je m'étouffe de questions. Je cherche des réponses dans les livres. Je n'en trouve pas. Alors j'étouffe.

Ada est entrée doucement et les écoute.

ADA.- Selma et Nedim ne sont pas là ?

ANNE.- Tu vois bien.

ADA.- J'ai peur que Nedim empêche Selma de venir. Je connais ce regard.

ANNE.- Quel regard ?

ADA.– Son regard de l'autre jour quand Selma riait avec nous.

LAURE.– Tu délires pas un peu ? La Turquie c'est pas l'Algérie.

ADA.– Les femmes ne sont pas voilées, mais elles ont longtemps appris à retenir leurs gestes. On ne retrouve pas les gestes tout de suite. Demande à ta mère.

LAURE.– C'est ça oui. Je me vois lui demander ; genre « enquête pour *Marie-Claire* » : « Raconte-moi tes impressions quand tu as compris que ton corps t'appartenait enfin ».

ADA.– J'aime bien le rire de Selma. Les voilà.

Nedim et Selma entrent accompagnés par Philippe.

PHILIPPE.– J'apporte la boisson. Je les ai trouvés devant la porte du jardin.

ANNE.– C'est bien que vous soyez venus.

NEDIM.– On ne restera pas longtemps.

SELMA.– Il ne fait même pas nuit. On a le temps.

NEDIM.– On ne restera pas longtemps.

PHILIPPE.- Des livres partout! J'en ai jamais vu autant à la fois.

ANNE.- Si ça te tente.

PHILIPPE.- Bien sûr que ça me tente! Mais je commence par quoi? Pour toi c'est normal d'être entourée de livres depuis toujours, de savoir lequel prendre. Moi on m'a nourri à la télé et au tiercé. Alors... C'est comme l'amour, quand t'en as jamais eu autour de toi, tu sais pas à quoi ça ressemble, alors t'inventes et tu fais tout à l'envers.

LAURE.- Tu vas nous faire pleurer.

ANNE.- Il manque quelque chose. De la musique!

Pierre entre.

PHILIPPE.- Comment vont les vignes? Trop de soleil? Pas assez? On t'a attendu l'autre soir au foot.

PIERRE.- Pas le temps. Je devrais même pas être ici.

ANNE.- C'est dans ton cœur qu'elles sont plantées ces vignes. Tu ne penses qu'à ça, tu ne parles que de ça.

PIERRE.– Si tu m'avais épousé comme tu me l'avais promis quand on avait six ans, tu les aurais aussi dans le cœur.

PHILIPPE.– Le scoop de l'été !

ANNE.– J'avais trouvé mon chat mort au bord de la route, je le tenais dans les bras et je pleurais. Tu m'as dit : « Si je creuse un trou pour l'enterrer, tu te marieras avec moi ? » J'avais le cœur à l'envers, j'ai promis.

PIERRE.– Les femmes et les vignes ne se ressemblent pas.

LAURE.– Tu ne parles pas souvent, mais quand tu parles, ça vaut le coup. Tu peux expliquer ?

Entrent Marion et Julien, Éric, Adrien et Mathilde.

ADRIEN.– J'me suis fait taxer par un zonard. Y'en a jusqu'ici maintenant. Avant ils zonaient sur la côte. Rigolez ! je lui ai donné 10 balles, le prix d'une boîte de préservatifs.

ÉRIC.– Attention les filles ! Monsieur sort découvert ce soir. Ada ma douce, tu nous as fait ton fameux gâteau aux amandes que tu as pétri de tes belles mains en pensant à moi ?

ANNE.- Elle ne pense qu'à toi, c'est bien connu. Tout le monde est là. Ada tu viens m'aider ?

À partir de ce moment, des dialogues vont se nouer deux par deux ; dialogues qui seront comme autant de gros plans de cinéma.

Julien-Selma

JULIEN.- Ton frère t'a laissée venir ?

SELMA.- Il est venu aussi.

JULIEN.- J'ai vu. Il ne te lâche pas des yeux.

SELMA.- Il croit bien faire. On est frère et sœur, mais on se connaît mal. Il a été élevé par mes grands-parents à Ürgüp.

JULIEN.- Où ça ?

SELMA.- À Ürgüp en Cappadoce en plein centre de la Turquie. C'est un autre monde. Ça n'a rien à voir avec Istanbul. Encore moins avec ici. Je suis sûre qu'il est malheureux. Ton amie nous regarde aussi.

JULIEN.- Marion ? Elle serait jalouse de mon eau de toilette si j'en mettais.

SELMA.- Elle t'aime beaucoup alors ?

JULIEN.- On se connaît depuis toujours. Quand on était mômes, on se cachait dans les granges pour jouer au docteur. Elle m'a plus lâché.

SELMA.- Et ça ne te plaît pas ?

JULIEN.- Pas toujours non.

Selma-Adrien

ADRIEN.- Depuis l'autre jour, j'ai lu plein de trucs sur la Turquie. J'savais même pas où c'était.

SELMA.- Tu sais maintenant ?

ADRIEN.- Drôle de pays tout en longueur. On dirait qu'il écarte les bras pour toucher d'un côté l'Occident, de l'autre côté l'Orient.

SELMA.- Bravo. Tu t'appelles Adrien c'est ça ? Tu as l'air heureux de vivre.

ADRIEN.- Je trompe mon monde. En apparence le p'tit gars pas compliqué que tout le monde aime bien, en réalité un monstre de perversité.

SELMA.- Je ne vois pas ça dans tes yeux. Ils sont trop clairs et trop calmes.

ADRIEN.- Prend garde à l'eau qui dort.

SELMA.– L'eau qui dort ? Ça veut dire quoi ?

ADRIEN.– L'eau qui dort c'est l'eau qui est lisse en surface et qui cache des tourbillons. L'eau qui peut entraîner les imprudents dans ses profondeurs.

SELMA.– Je n'ai pas peur de toi.

ADRIEN.– Il fait trop chaud ici. Si on allait dans le jardin ?

SELMA.– Je viens de voir un éclair. Peut-être que l'orage va éclater. J'adore l'odeur des jardins après l'orage.

ADRIEN.– Alors on y va.

SELMA.– Nedim nous regarde.

ADRIEN.– Et alors ?

SELMA.– Alors on y va.

Nedim-Pierre

PIERRE.– Je t'ai vu l'autre jour dans les collines, tu regardais mes vignes.

NEDIM.– Chez mes grands-parents c'était une région de vignes. Les souvenirs revenaient en soupesant les grappes de raisin.

PIERRE.– Tu es de la campagne ?

NEDIM.– Non. Mon père, ma mère et ma sœur vivaient à Istanbul. Moi il me fallait le bon air. J'étais fragile. Quand j'avais 8 ans, on m'a envoyé à la campagne.

PIERRE.– Je ne suis jamais parti d'ici. je ne connais que cette terre, je n'ai pas envie d'autre chose. Je ne sais rien faire d'autre.

NEDIM.– Je n'avais pas envie d'autre chose non plus.

PIERRE.– Ma sœur est partie travailler en ville, elle disait qu'elle ne pouvait pas vivre ici. Quand elle vient, elle apporte des magazines à ma mère. Elle parle fort. Elle n'a pas l'air très heureuse. On n'a pas grand chose à se dire.

NEDIM.– Quand j'étais petit à Istanbul, je me sauvais pour aller voir les enfants qui vendaient des oiseaux devant la mosquée d'Eyup. Ce sont de petits oiseaux qui ne font que passer au mois d'octobre. Ils ne comprennent pas pourquoi les enfants les attrapent pour les relâcher ensuite. J'ai volé de l'argent à ma mère pour m'en acheter un, mais je ne me décidais pas à le lâcher. Il est mort.

PIERRE.– Pourquoi tu me racontes ça ?

NEDIM.– Je ne sais pas. Un souvenir qui revient.

PIERRE.– Elle est belle ta sœur.

NEDIM.– Elle rêve trop.

PIERRE.– Les filles ne se plaisent jamais là où elles sont. Adrien la trouve belle aussi. Attention il sait y faire. Sûr qu'il va lui proposer d'aller regarder les étoiles. Tiens qu'est-ce que je disais ?
(Nedim ne l'écoute plus et suit des yeux Adrien et Selma qui quittent la pièce. Pierre continue)
Moi ça marche jamais. Les étoiles, les odeurs de la nuit, ça marche jamais. Elles me regardent comme si je délirais. Tandis qu'Adrien...

Nedim se lève brusquement.

PIERRE.– Je blaguais. Laisse-les.

Nedim sort.

Marion-Anne

MARION.– Parle-moi de Julien.

ANNE.– Tu veux vraiment ?

MARION.– Tu arrives avec ton look de fille de la ville qui est revenue de tout. Tu nous la joues grande copine de tout le monde. Mais le soir la miss a un coup de blues, alors elle dit pas non quand les péquenots s'approchent comme des insectes attirés par la lumière. Tu fermes pas les volets, tu les laisses entrer.

ANNE.– Ma fenêtre est toujours grande ouverte c'est vrai.

MARION.– Je suis sûre que tu n'en as rien à faire de Julien. Une petite aventure pour l'été pendant que ton père vit ses grandes aventures. Histoire d'avoir quelque chose à lui raconter.

ANNE.– Mon père ? Comme si il s'intéressait à mes histoires ! Il a trop de soucis avec ses rides. Quand il m'invite au restaurant il commente tous les petits culs qui passent. C'est pas ça que je lui demande. Je veux qu'il me regarde moi. Qu'il me demande si j'ai envie de vivre. J'veux pas qu'il me la joue play-boy sur le retour.

MARION.– C'est nouveau ça, Anne « version spleen ». Et Julien dans tout ça ?

ANNE.– Il t'aime ton Julien. À sa façon de gros matou qui aime bien se faire caresser par toutes les mains. Les matous ça vagabonde la nuit, mais ça rentre à la maison le matin.

MARION.– Et il s'attend à trouver son bol de lait rempli, c'est ça ? Je fais la fière, mais ça fait mal. Fais-moi plaisir. Ferme ta fenêtre la nuit.

Nedim-Adrien

Nedim qui a suivi Adrien et Selma, a brutalement attrapé le bras d'Adrien et l'a retourné vers lui.

ADRIEN.- Qu'est-ce qui te prend ?

NEDIM.- Laisse ma sœur tranquille.

ADRIEN.- On a rien fait d'mal.

NEDIM.- Laisse-là je te dis.

ADRIEN.- Calme. C'est l'été. Il fait chaud, orageux même. On avait envie d'un peu d'air frais.

NEDIM.- Je sais, les étoiles… les odeurs de la nuit.

ADRIEN.- Ce soir y'a pas d'étoiles. Si tu me lâchais ? Si on parlait ?

NEDIM.- Je n'ai pas envie.

ADRIEN.- Plutôt banal de faire un tour dans le jardin avec une fille qui vous plaît.

NEDIM.- Je ne trouve pas ça banal. En Turquie on ne dit pas ça des filles.

ADRIEN.- On dit quoi ?

NEDIM.- On ne dit rien. Ou quand on dit il faut que ça soit pour de bon.

ADRIEN.– Tragique. Tragique et compliqué. En France on essaie. On se trompe mais on essaie. On est heureux, pour quelques jours.

NEDIM.– Comme un jeu alors ?

ADRIEN.– Si tu veux. On joue souvent.

NEDIM.– Et tu triches ?

ADRIEN.– Jamais. J'suis sincère, chaque fois. Tu me lâches ?

NEDIM.– *(qui le lâche)* O.K. mais je te surveille. Je vous surveille.

ADRIEN.– Ta sœur n'est pas une môme. Tu ne vas pas me dire qu'en Turquie elle se faisait pas draguer, belle comme elle est.

NEDIM.– En Turquie on ne drague pas.

ADRIEN.– Éclatant tout ça. On drague pas, on dit pas d'une fille qu'elle vous plaît ! On partage pas les odeurs de la nuit. Et vous êtes heureux ?

Nedim se détourne et se dirige vers la maison.

Philippe-Nedim *dans le jardin*

PHILIPPE.– Nedim ? Tu t'en vas déjà ? Un problème ?

NEDIM.– Je n'aime pas laisser ma mère seule la nuit.

PHILIPPE.– Tu abandonnes Selma ?

NEDIM.– Elle n'a pas besoin de moi.

PHILIPPE.– Qu'est-ce que tu en sais ?

NEDIM.– Ici personne n'a besoin de personne.

PHILIPPE.– Tu ne crois pas que tu en fais trop dans le genre martyr ? Laisse tomber ton bouclier, personne ne va te sauter dessus. Je les ai connus en culotte courte, ils sont pas méchants. La musique, les déconnades, c'est pour meubler. Ils ont peur du silence. Comme tout le monde. Ils friment un peu mais ils sont pas dupes. Donne-leur une chance.

NEDIM.– Une chance ?

PHILIPPE.– Une chance pour l'amitié.

NEDIM.– Je ne suis pas doué pour l'amitié. Bonne nuit.

PHILIPPE.– Bonne nuit Nedim.

Noir.

Quelques jours plus tard, dans la campagne, à quelques kilomètres du village. Elga, Nedim.

ELGA.– Bonjour, moi c'est Elga, et toi ?

Nedim ne répond pas.

ELGA.– Tu t'appelles comment ?

NEDIM.– Nedim.

ELGA.– Nedim c'est un prénom turc.

NEDIM.– Comment vous savez ça ?

ELGA.– Chez moi, en Allemagne, il y avait un Nedim dans ma classe.

NEDIM.– Vous parlez bien français.

ELGA.– Mon père est français. Je t'ai vu passer devant le camping, je t'ai suivi.

NEDIM.– Suivi ? je ne vous connais pas.

ELGA.– Menteur. Sur la plage l'autre jour, tu me regardais tout le temps. Tu étais avec une fille et tu me regardais.

NEDIM.– C'était ma sœur.

ELGA.– Tu es en colère contre quoi ?

NEDIM.– Je ne suis pas en colère.

ELGA.– Si. Je le vois bien. Tu marches dans les collines avec rage. Rage, c'est un mot français que j'aime, en allemand c'est *Wut*, un mot qui te va bien.

NEDIM.– Je ne vous ai rien demandé.

ELGA.– Quand tu me regardais l'autre jour, tu me demandais beaucoup. Tu ne t'en souviens pas ?

NEDIM.– Non.

ELGA.– Je déteste les faux jetons.

NEDIM.– Je ne comprends pas.

ELGA.– Les faux culs, les hypocrites, les lâches, les tricheurs, les branleurs, tu comprends ?

NEDIM.– Je n'ai pas envie de vous écouter.

ELGA.– Monsieur me reluque pendant des heures sur la plage, il va se baigner en même temps que moi pour ne pas me perdre de vue, il me jette des regards à faire pâmer une autruche et maintenant qu'on est face à face, il se défile. Regarde-moi bien en face. Dis-moi que tu ne me reconnais pas.

Un temps.

NEDIM.– Je vous reconnais.

ELGA.– Sur la plage, tes yeux disaient que tu me trouvais belle.

NEDIM.– Je vous trouve belle.

ELGA.– Je te trouve beau aussi. Je croyais tes yeux noirs, ils sont bleus, bleu foncé comme la Mer Noire de ton pays, tes mains sont nerveuses, tu tiens cette branche de mûrier comme une arme. Tu as besoin de te défendre ?

NEDIM.– Dans le tronc des mûriers de Turquie, on taille le saz, le luth des chanteurs de campagne. On ne m'a jamais parlé des mes yeux. Les vôtres sont dorés. Je n'ai jamais parlé de ses yeux à une fille.

ELGA.– On monte jusque là-haut ? Il y a une vue superbe. Chiche que j'y suis avant toi. Tu viens ?

Noir.

Quelques semaines plus tard. Fête du village.

SELMA.– Ce soir feu d'artifice.
On le tire dans le champ du voisin.
La fête du village se termine.
Les vacances aussi.
Les jours sont déjà plus courts.
Un été comme une charnière entre deux vies.
Dans les collines comme dans l'été,
Adrien m'a servi de guide
avec ses mots insouciants et tendres
qui dévalaient les chemins.
Il m'a appris la douceur.
Depuis trois jours l'angoisse a recouvert la douceur,
Nedim n'est pas rentré.
Ma mère est folle de douleur.
Elle n'ose pas appeler mon père.
Nedim me regardait souvent
je lisais des questions dans ses yeux.
Parfois ses lèvres bougeaient
mais aucun mot ne sortait.
Il s'est peut-être asphyxié de mots rentrés.

ÉLISE.– Je suis revenue pour la fête.
J'en avais pas vraiment envie,
mais ma mère y tenait.
Quelle musique ringarde !
De toute façon la fête est ratée.
Ils ne parlent que de ce Nedim.

Je l'ai vu une fois.
Je l'ai trouvé beau.
Pas mon genre mais beau, genre compliqué.
Pierre m'a parlé de lui.
C'est bien la première fois qu'il s'intéresse
à quelqu'un à part ses vignes et ses chiens.
Il m'a demandé de me renseigner en ville.
Peut-être qu'on l'aura vu ?
Je me vois dire aux copines :
« Au village, il y a un Turc qui a disparu ».
Ça va leur faire un effet !
Ici, ça va meubler les conversations
en attendant les vendanges.

ANNE.– Je l'ai entendu raconter à Pierre
l'histoire des oiseaux d'Istanbul
que les enfants attrapent
et revendent à ceux qui veulent
faire un vœu en les libérant.
« Plaide pour moi à la porte du paradis »
Nedim voulait le paradis sur terre.
Et bien sûr ça n'existe pas.
Ce matin dans la grande glace de la salle de bain
je me suis regardée.
J'ai vu un corps que je n'aimais pas vraiment
un corps sans mystère
qu'on m'a appris à montrer.
J'ai compris pourquoi Nedim ne le regardait pas.
Je lui en veux

de m'avoir tendu ce miroir.
Je préfère qu'il ne soit plus là.
Mon père va rentrer bientôt.
Est-ce que je lui raconterai
notre petite tragédie ?
Il ne m'écoutera pas
comme d'habitude.
Il aura trop d'autres bruits dans la tête.

ADRIEN.– Drôle de fête.
Selma est restée avec sa mère.
Elles attendent Nedim.
Je n'ose pas aller la voir.
Demain je partirai sans la revoir
amour d'été
amour brûlé.
Je ne savais pas encore tout d'elle.
Comme pour un livre qu'on a oublié
dans un train sans l'avoir fini
une sensation de vide.
Beaucoup plus que pour un livre.
Nous n'avions pas assez de nos journées
pour nous apprendre.
Je garderai son rire dans mes poings serrés.
Nedim est un voleur de tendresse.
En partant il m'a enlevé Selma.

MARION.– Je le savais
que ça finirait mal.

Il portait ça sur lui Nedim
le malheur
Julien se moquait de moi
quand je lui disais ça.
Les mecs ils ne voient jamais rien
ça leur facilite la vie.
Nedim me faisait peur.
Son corps était taillé dans un bloc de pierre dure,
seules ses mains vivaient.
Et ses yeux parfois.
Mon père s'imagine
qu'on sait où il est
et qu'on ne veut rien dire.
Il n'aime pas que les gendarmes s'intéressent trop
au village.
On ne sait rien.
On aimerait mieux savoir.
Même Julien ce soir n'a pas le cœur en fête.

JULIEN.– Disparu.
Comme ça. *(il claque des doigts)*
Peut-être un coup de la machine
à faire disparaître.
C'est pas à cause d'une fille en tout cas
ça risque rien
coincé comme il était.
Et puis on disparaît pas à cause d'une fille.
On savait rien de lui.
Seulement qu'il nous supportait pas bien.

Toutes les filles le trouvaient beau.
Ça se discute.
C'est vrai qu'il était beau
dans le genre ténébreux.
Ça plaît aux filles.
Elles aiment bien les mecs qui ont l'air malheureux.
Il faisait bizarre dans le décor,
mais bon
moi il me dérangeait pas.
Peut-être qu'il est allé retrouver son père.
Ça avait l'air mystérieux leur histoire.

PHILIPPE.– Drôle d'été.
Des années que je viens ici
parce qu'ici au moins il ne se passe rien
et voilà !
Un été d'orages
orages en tous genres.
Je l'aimais bien ce garçon trop sérieux.
C'est pas humain de jamais rire
de vouloir porter tout seul le poids du monde.
Il a gagné
ça l'a écrasé
et la terre s'est ouverte pour l'engloutir.
Je délire un peu mais ça pourrait être ça.
J'espère que le vin sera bon quand même.

LAURE.– Moi il me faisait penser à Rimbaud.
Quand on a un cœur trop lourd

et que les chagrins du monde
coulent dans votre sang
on ne peut pas vivre tranquille.
Ou on a les mots pour dire
ou on fuit.
Il a fui.
Il était d'un autre monde.
Comme l'albatros de Baudelaire[5]
ridicule sur le pont d'un bateau
il a voulu retrouver son élément.
Je suis sûre que la nuit
il écrivait des poèmes.
Si on pouvait les lire
on saurait où il est parti.

ÉRIC.– Ça il a réussi son coup
la vedette.
Si tu veux qu'on parle de toi
tu disparais.
Même mes vieux qui se passionnent
pour la question !
Ils se sont jamais autant inquiétés pour moi.
Pourtant y avait de quoi !
D'accord je suis jamais allé bien loin
mais dans ma tête ça vagabondait.
Mon père prenait des coups de sang

5. Laure évoque *L'Albatros* extrait des *Fleurs du mal* de Charles Baudelaire.

qui viraient en coups de gueule.
Mais jamais un vrai regard
jamais une vraie inquiétude.
Des soupirs excédés
de parents qui en ont marre
de tout faire pour leur petit gars
qui est même pas reconnaissant.
J'sais pas quand j'ai commencé
à plus me ressembler.
Bref, ça intéresse personne.
C'qui les intéresse c'est de savoir
ce qui a bien pu arriver à ce bouffon de Nedim.
Et ça délire.
Et ça fantasme.
Lui il en avait rien à faire de nous,
il pensait qu'à sa Turquie, c'est là qu'il est parti.
Parfois ça me démangeais de le suivre
quand je le voyais partir seul dans la campagne.

ADA.- Je savais que Nedim ne supporterait pas notre été.
Je l'ai su tout de suite.
J'en ai vu des Nedim à la bibliothèque
qui venaient choisir les livres pour leurs sœurs.
Nedim regardait Selma
devenir de plus en plus belle,
il regardait Adrien devenir de plus en plus doux
et il ne supportait

ni cette beauté
ni cette douceur.
Comme un animal qui flaire un piège
il a préféré s'enfuir.

MATHILDE.– Dans quelques jours
nous partirons avec mes parents
pour une nouvelle ville à découvrir.
Je la déteste déjà.
J'emporterai entre les pages de mes livres d'été
le regard curieux de Selma
le regard inquiet de Nedim.
Ils ont troublé notre été.
Ils m'ont appris qu'il y a d'autres douleurs
que d'avoir dix-sept ans.
Le soir dans le dortoir de la pension
quand je m'inventerai un rêve,
Nedim en sera le héros solitaire et blessé,
Selma la douce princesse
qui s'éveille à la vie.

PIERRE.– Ma mère s'est mise en dimanche
pour la fête.
C'est pas souvent.
Je la trouve belle.
La fête n'est pas tout à fait la fête,
tout le monde pense à Nedim.
Moi aussi bien sûr.
C'est dans les collines qu'ils se retrouvaient.

Je les ai vus
un jour que je nettoyais les vignes par là-bas.
C'était pas une fille d'ici.
Ils se tenaient par la main
ça m'a fait tout drôle.
Comme si Nedim me trahissait.
J'étais jaloux.
Prendre la main d'une fille
simplement,
je suis trop compliqué pour ça.
Et puis après on a mal
ça vaut pas la peine.
Il est peut-être parti avec elle,
ou sans elle.
Elle voulait peut-être plus lui lâcher la main.

VOIX DE NEDIM.–

Ton amour m'a ôté de moi
de toi moi j'ai besoin de toi
Pour toi je brûle chaque jour
de toi moi j'ai besoin de toi
Ni la fortune ne me plaît
ni la misère – et ne m'en plains
Seul ton amour me satisfait
de toi moi j'ai besoin de toi
Fatal aux amants ton amour
dans ses vagues les précipite
De sa présence possédés
de toi moi j'ai besoin de toi
Il me faut boire à cet amour
errer comme Fou par les monts
Tu m'es souci de chaque jour
de toi moi j'ai besoin de toi
Les Soufis ont besoin des mots
et les Ahis de l'au-delà
Pour les Medjnoun il faut Leyla
de toi moi j'ai besoin de toi
Si l'on me tuait si au ciel
on dispersait mes quelques cendres
Ma propre terre alors crierait
de toi moi j'ai besoin de toi

Yunus est mon nom et je sens
de jour en jour mon feu grandir
Dans les deux mondes mon désir
de toi moi j'ai besoin de toi[6].

Fin.

(Février 1993)

6. Extrait de *Poèmes* de Yunus Emre, traduits par G. Dino et M. Delouze.

FRANÇOISE DU CHAXEL

Elle a toujours partagé son temps entre l'écriture théâtrale pour adultes et pour adolescents et l'action culturelle. Elle a travaillé auprès de Silvia Montfort au Carré Thorigny et au Nouveau Carré, au Théâtre Oblique d'Henri Ronse, à la Maison des arts de Créteil avec Jean Morlock, à l'ONDA avec Philippe Tiry, auprès d'Emmanuel de Véricourt au Théâtre national de Bretagne, et aujourd'hui auprès de Nicole Gautier au Théâtre de la Cité Internationale.

CONFIDENCES DE L'AUTEUR

Ce texte accompagnait la représentation que les lycéens du lycée Paul Langevin pour lesquels j'ai écrit l'Été des mangeurs d'étoiles *ont donné au Théâtre de Suresnes en mai 1993 sous la direction du metteur en scène Jean-Claude Gal qui m'avait « commandé » la pièce.*

Leurs mots et les miens

La panique de les découvrir la première fois si divers, si impatients, si ignorants de théâtre. Je vois leurs regards sur moi. Ils m'attendaient. Ils me jaugent. Nous faisons connaissance à travers quelques textes qu'ils lisent, étonnés que le théâtre puisse se servir de ces mots-là.

La joie de les retrouver la deuxième fois, déjà si fiers des mots qu'ils ont osé lâcher sur une feuille de papier, des mots interdits de dissertation, des mots rageurs que chacun lit tout haut devant les autres avec provocation et délectation.

Et puis la complicité qui naît, d'abord timide, puis vivante, entre moi et eux, moi qui dois écrire pour la première fois sur commande et eux réunis au hasard d'un désir de théâtre, en demande de regard et d'amitié. Les contraintes m'effrayaient : un temps mesuré pour les apprivoiser comme pour écrire le texte, un thème imposé (la solitude amoureuse des adolescents), une « distribution » déterminée par leur nombre et leurs personnalités. Comment faire ? Comment faire pour qu'ils ne se sentent ni volés, ni trahis ? Comment traduire leurs révoltes, leurs grandes et petites douleurs, et dire en même temps mes propres révoltes, d'aujourd'hui et d'avant, lorsque j'avais leur âge et que je me cognais au silence des adultes.

Ils se découvraient peu à peu, je les regardais. Je leur lançais des squelettes d'histoires à remplir de chair. Ils y déposaient leurs émotions, leurs provocations, leurs solitudes.

L'une d'elles a pris corps.

Après ces quelques rencontres, il y eut l'écriture solitaire du texte. J'étais riche d'une matière amassée, une matière vivante à modeler. Un langage est né tout naturellement fait de leurs mots et des miens.

L'Été des mangeurs d'étoiles s'est nourri de ce langage complice et de nos émotions mêlées.

Françoise du Chaxel

DE LA SOLITUDE AMOUREUSE

Après avoir demandé à Michel Azama d'écrire « son » Iphigénie *pour des lycéens, puis avoir adapté avec Fatima Gallaire l'histoire de Majnûn et Leïla, Jean-Claude Gal, poursuivant son exploration du monde adolescent a demandé à trois auteurs, Daniel Besnehard, Nacer Khemir et Françoise du Chaxel d'écrire pour des lycéens de trois lycées de la banlieue parisienne un texte sur le thème de la solitude amoureuse des adolescents.*

Aux appels que la sacrifiée Iphigénie ou que le fou d'amour Majnûn ont lancé à notre mémoire, répondent ceux des jeunes d'aujourd'hui.

À l'écho de ces destinées mythologiques répond celui de nos rencontres au quotidien, à la réalité bien différente.

Il était logique de poursuivre notre route avec des textes contemporains dont les voix répondent aux héros du passé. Paroles de filles et de garçons de notre époque : voilà ce qui a été donné à entendre, à apprendre d'une rencontre entre eux et un auteur.

Que quelques uns disent à ce dernier la foule des petites choses qui engendre une solitude, les malaises qui engrangent le mal de vivre. L'enthousiasme ravageur et la force collective de ces jeunes gens ne doivent pas nous faire oublier que c'est au secret de chacun d'eux que tout se construit.

Des histoires à deux peuplent nos pensées d'amour : c'est ainsi que les mortels rêvent qu'ils vivent. Mais beaucoup de traces solitaires hantent aussi les chemins vers l'âge adulte.

Y a-t-il des signes que les garçons ou les filles ne peuvent pas nous faire ? Y a-t-il des mots qu'ils ne doivent pas nous dire ? Nous voulions être une nouvelle fois aussi curieux qu'eux-mêmes.

Françoise du Chaxel a travaillé avec des élèves d'un lycée de la région parisienne. Cette rencontre a servi de base à l'écriture d'un texte théâtral que nous avons mis en scène dans les conditions, et avec les exigences, du théâtre professionnel.

Témoignage ou fiction, ce récit dans l'espace de la représentation forme, en regard de nos mythologies, un pendant essentiel à leurs histoires.

Jean-Claude Gal

Directeur du Théâtre de l'Ombre du Soir

Quelques semaines après les représentations de L'Été des mangeurs d'étoiles *était publié dans* Le Monde *ce fait divers. La jeune fille dont il raconte le drame aurait pu être une sœur lointaine de la Selma de mon histoire.*

NASMIYE, VICTIME DE LA « FIERTÉ »

« *Nasmiye a été tuée à cause de la fierté !* » Les rares jeunes de la ZUP Europe, à Colmar, qui osent parler du meurtre de l'adolescente turque de quinze ans, sont persuadés qu'elle a été victime d'un conflit de générations et de cultures. Ils sont nés, comme Nasmiye, dans cette banlieue coincée entre les proches côteaux des vignobles d'Alsace et les quartiers bourgeois de la « petite Venise », avec la ligne de chemin de fer comme démarcation. Dans cette ZUP où les blocs de logements sociaux côtoient des pavillons étriqués, où des terrains vagues s'étendent derrière des vestiges de fermes traditionnelles, où les usines désaffectées sont comme le signe d'une opulence industrielle révolue, ces adolescents ont toujours senti le poids de cette « fierté ».

La fierté de ces immigrés portugais, puis maghrébins et enfin turcs, venus travailler en France, la fierté d'avoir su à tout prix conserver leurs traditions. Aujourd'hui le travail fait défaut. Les filatures ont fermées, Peugeot dégraisse, la crise s'installe et le seul point de repère pour ces déracinés reste la coutume : la vie communautaire, « clanique ». Mais les jeunes n'entendent pas s'y laisser enfermer.

Nasmiye Llikpinar était de ceux-là. En classe de cinquième au collège Molière, elle poursuivait une scolarité chaotique, ponctuée d'absences. « *Elle ne se démarquait pas* » note le principal adjoint, Francis Lind, parmi les 750 élèves dont plus de 40 % d'origine étrangère. Contrairement à certaines de ses camarades, Nasmiye ne portait pas le foulard. Elle préférait les vêtements à la mode et les cours de sciences naturelles ne la choquaient pas. Elle n'hésitait pas non plus à aller à la piscine et sortir le soir était l'un de ses plaisirs.

Surtout, elle était amoureuse d'un jeune Marocain. Cette idylle toute platonique, affirment ses camarades, elle n'aurait pu la vivre qu'à l'insu de ses parents. Son père, Mustafa, cinquante-deux ans, ouvrier d'usine, et sa mère Elifé, âgée de quarante-trois ans, la destinaient à un Turc, dont elle ne voulait pas entendre parler. Son amour hors caste n'a pu rester secret bien longtemps : les grands frères, Abdullad, vingt et un ans, peintre en bâtiment, et Lutfi, dix-neuf ans, monteur en charpente, toujours sur le qui-vive, ont eu tôt fait de repérer l'intrus. Une telle union était impossible, sacrilège pour les Llikpinar.

Cris et fugue

Les cris deviennent alors le lot quotidien de Nasmiye qui, bien vite, ne peut plus supporter les remontrances de parents trop possessifs. Elle ne peut s'émanciper et s'adresse à l'assistante sociale du collège pour demander à quitter sa famille. Fin juin, le juge des enfants autorise son placement dans un foyer à Strasbourg. Le jour de son départ, alors qu'il n'y a pas classe, Nasmiye reste au collège, apeurée. À peine est-elle partie que la mère et l'un des frères surgissent, la réclamant à cor et à cri, ne comprenant pas qu'elle ait pu elle-même demander à leur échapper, à partir, pour ce qu'ils considèrent comme un « reniement ».

Au foyer Fougères de Strasbourg, elle se retrouve seule, loin de ses parents, mais aussi de son ami marocain. Elle a le « mal » du pays. Alors, le 9 août, elle fugue, revient à Colmar, prête à affronter les pires réprimandes. Le 13 août un voisin l'aperçoit à la fête foraine. Le 15, son corps est découvert dans un fossé en bordure de Colmar, sans sépulture donc, ultime répudiation de la jeune musulmane.

« Ce qui est arrivé, c'est une question de mentalité, pas de religion » assure Ali, un Algérien de vingt-trois ans qui fréquentait Nasmiye et ses frères. Bien sûr il y a quelques imams qui prêchent le strict respect du Coran, dans des mosquées de fortune situées dans des immeubles à l'abandon. Mais leur rude pédagogie a plutôt tendance à décourager les vocations. Les jeunes, s'ils sont en majorité croyants, estime Ali, sont très peu pratiquants. *« Et puis, le Coran n'a jamais dit de tuer ».*

Question de mentalité donc, et de générations qui s'affrontent. Les premiers arrivés en France, les parents ont voulu rester fidèles aux traditions. Les « grands frères », qui ont connu la réputation de délinquance des années 70 et 80 et ont pour mission de « surveiller les petites sœurs », les perpétuent, mais avec un sentiment de frustration. *« Ils ont l'impression d'avoir laissé passer une chance de s'intégrer,* note Ali. *Les jeunes en dessous de vingt ans veulent vivre à l'européenne et faire des études. »*

« Nous avons grandi sous cette pression », déplore Ali, écartelés entre des coutumes qu'ils ne veulent pas trahir et une volonté d'intégration qui ne va pas sans quelque reniement. Il y a encore peu, les garçons restaient à tourner dans le quartier, se toisant, n'osant se mêler aux filles de leur âge. Aujourd'hui, celles-ci sont un peu plus nombreuses à les accompagner en « boîte », mais elles restent les plus touchées par les interdits parentaux.

Une communauté fermée sur elle-même

Dans la mosaïque de nationalités du quartier de l'Europe à Colmar, la communauté turque est sans doute la plus impénétrable. Les associations culturelles sont nombreuses, mais très cloisonnées. *« Chacun œuvre pour sa propre chapelle »*, remarque une travailleuse sociale qui regrette les difficultés pour prendre contact. Les clans sont fermés, verrouillés par les anciens. Les Maghrébins de la première génération, Algériens, Tunisiens et Marocains, avaient appris le français au pays. La barrière de la langue complique l'intégration des Turcs.

« La femme turque marche toujours derrière les hommes », souligne Karim, un autre Algérien de vingt-cinq ans. Il y voit un message de la communauté turque aux Maghrébins qui

ne respectent plus cette tradition : *« C'est une manière de dire, les Arabes ce n'est plus vous, c'est nous. Cette fierté, ça a très bien pu les conduire jusqu'au sacrifice d'une des leurs »*.

Des aveux, qui restent à étayer par des indices matériels, laissent penser qu'il a pu en être ainsi. L'enquête judiciaire, qui risque de durer plusieurs mois en raison d'expertises scientifiques poussées, devra déterminer la responsabilité de chacun des membres de la famille Llikpinar, ainsi que les circonstances du meurtre. Elle devrait surtout permettre de savoir si Nasmiye a bien été immolée par sa famille sur l'autel de la tradition. Mais en attendant la vérité, bien des jeunes filles de la ZUP Europe hésiteront à mettre leur foulard dans leur poche avant d'aller danser.

Hervé Morin, *Le Monde* du 25 août 1993

Achevé d'imprimer en février 2006
sur les presses de Dumas-Titoulet imprimeurs
à Saint-Étienne (42)
N° d'imprimeur : 43418 C

Dépôt légal de la première impression : février 2002
Composition et maquette : Temps d'Espace, Paris
Imprimé en France